Dornröschen

mit wunder...

Es war einmal ein König und seine Königin.
Sie herrschten weise über ein Königreich in
einem weit entfernten Land.
Die Liebe füreinander war groß,
aber glücklich waren sie noch nicht.
Denn ihr größter Wunsch war ein Kind.
Doch als Sie schon nicht mehr daran
glaubten, geschah es ganz unerwartet:
Sie bekamen ein Kind.
Die Königin gebar ein hübsches Mädchen.
Die Freude des Königspaares über die Geburt
der kleinen Prinzessin war so groß,
dass der König überschwänglich rief:
„Du bist so bildschön und kostbar,
wir wollen ein Fest dir zu Ehren veranstalten."
Fortan sollte der Tag der Geburt des
Kindes jedes Jahr überall gefeiert werden.
Zu den Festlichkeiten wurden nicht nur
Verwandte und Bekannte
des Königspaares geladen, sondern auch
die guten Feen des Landes.

Der Tag des großen Festes rückte näher, die
Vorbereitungen waren im vollen Gange. Die Köche
bereiteten ein großes Festessen zu. Von überall
her kamen die Menschen, um die kleine Prinzessin
zu bewundern, und ihr Geschenke zu bringen.
Jede Fee hatte sich etwas Besonderes überlegt,
mit dem sie die Prinzessin beschenken wollte.

Und so feierten alle ausgelassen und fröhlich,
als plötzlich eine finstere Figur eintrat.
Alle wurden still. Langsam trat sie an
die Wiege der Prinzessin. Es war eine böse Fee,
die keine Einladung zum Fest erhalten hatte.
Sie wollte sich dafür rächen, dass man sie
vergessen hatte.

Zornig starrte sie auf das unschuldige Baby
und sprach zu den anderen Feen:
„Wünscht ihr der Prinzessin alles Glück dieser
Welt. Doch es wird ihr nichts nützen, denn ich
habe auch etwas für sie!"

Keiner der Gäste sagte etwas. Der König und
die Königin versuchten, mit dem Fest
fortzufahren, obwohl die böse Fee die fröhliche
Stimmung verdorben hatte. Nacheinander
kamen die Feen zu der kleinen Prinzessin und
überbrachten ihre Glückwünsche.
Eine der Feen aber versteckte sich,
ohne dass die anderen es bemerkten.
„Diese Hexe hat keine guten Absichten", dachte
sie. „Was immer sie der Prinzessin auch schenken
wird, ich werde versuchen, es zu verhindern."
Die guten Feen traten mit ihren Wünschen
an die Wiege heran: Schönheit, Klugheit,
Rechtschaffenheit, Wohlstand, Gesundheit,
Glück und Zufriedenheit wünschten sie ihr.
Als Letztes war die böse Fee an der Reihe.
Sie griff mit ihrer großen Hand nach dem Baby
und sprach mit lauter Stimme:
„Wenn du fünfzehn Jahre alt bist, sollst du dir
mit einer Spindel in den Finger stechen und
sterben!"

Dann, ohne ein Wort zu sprechen, verließ die böse Fee das Fest. Alle waren erschrocken. Da trat die letzte Fee hervor, die sich hinter der Wiege versteckt gehalten hatte, und ihren Wunsch noch übrig hatte. „Ich habe nicht die Macht, den Fluch der bösen Fee zu bannen", sprach sie. „Doch ich kann ihn abschwächen. Nicht der Tod soll die Prinzessin nach dem Stich der Spindel ereilen. Stattdessen wird sie hundert Jahre schlafen. Und erst der Kuss eines Prinzen wird sie aus diesem Schlaf erwecken."

Der König und die Königin waren fest entschlossen, ihr Kind zu beschützen.
So veranlasste der König die Vernichtung aller Spinnräder im ganzen Lande. Der schlimme Zauber der bösen Fee sollte niemals in Erfüllung gehen können. Die Prinzessin wurde älter und wuchs mit all den Gaben, die man ihr vermacht hatte, heran. Sie war liebenswürdig und brav und wurde von allen geliebt.

Der König und die Königin erzählten ihr nie
vom Fluch der bösen Fee.
Eines Tages machten sie sich auf den Weg,
um das Königreich zu besichtigen.
Die Prinzessin ließen sie bei den Schlossdienern
zurück. Sie liebte es, das Schloss zu erkunden,
und betrat nun auch den verbotenen,
ihr unbekannten Flügel des Schlosses.
So kam sie an einen Turm im Schlosshof.
Sie öffnete die Tür und ging eine Wendeltreppe
hinauf. Nach einiger Zeit kam sie erneut
an eine Tür. Die Prinzessin zögerte kurz,
doch die Neugier war einfach zu groß.
Sie lauschte und hörte etwas
auf der anderen Seite der Tür.
Sie klopfte höflich an. Als niemand antwortete,
betrat sie mit pochendem Herzen den Raum.
Der dunkle Raum wurde nur schwach
von einer Kerze beleuchtet.
In der Dunkelheit sah die Prinzessin
eine alte Frau, gehüllt in einen Mantel.

Neben der alten Frau stand ein Spinnrad.
„Komm her, mein Kind", sagte sie, „ich habe dich schon erwartet." Die Prinzessin aber kannte keine Spinnräder und wurde neugierig.
„Ich zeige dir etwas", sprach die alte Frau, „das du noch nie gesehen hast."
Tatsächlich war es die böse Fee, die hier sprach:

„Schau mal, es funktioniert ganz einfach,
versuch es doch einmal."
Ahnungslos vertraute Dornröschen der Alten.
Doch kaum hatte sie das Spinnrad
berührt, da stach sie sich in den Finger.
Augenblicklich fiel sie in einen tiefen
Schlaf. Der böse Zauber hatte sich erfüllt.

Als der König und die Königin dies erfuhren,
überkam sie große Trauer.
Der Fluch war trotz all ihrer Bemühungen in
Erfüllung gegangen. Sie konnten nichts weiter
tun. So legten sie ihre Tochter in das schönste
Bett, das es im ganzen Schloss gab.
Dort würde sie hundert Jahre schlafen.
Die gute Fee hörte von den Geschehnissen
und der Trauer des Königs und der Königin.
Ein Zwerg hatte Wälder und Felder durchquert,
und atemlos überbrachte er ihr die furchtbare
Nachricht. „Du musst schnell kommen
und etwas tun!
Die Prinzessin ist von einem bösen Fluch
befallen", sagte er, und wischte sich eine Träne
aus seinem Gesicht. Die Fee machte sich
sofort auf den Weg zum Schloss und
erreichte es binnen kürzester Zeit.
Weil die Trauer des Königs und der Königin
sehr groß war, überkam sie Mitleid und
sie beschloss, ihnen zu helfen.

Mit einem neuen Zauberspruch bewirkte sie, dass
das ganze Schloss mitsamt allen Bewohnern
ebenfalls in einen langen und tiefen Schlaf fiel.
Die Zofen der Prinzessin, die Knappen des Königs,
Gärtner und Köche, die Stallburschen mit ihren
Pferden, die Diener in der
Speisekammer, die Wachen am Eingang – alle
fielen in einen tiefen, langen Schlaf.
„Niemand soll während des hundertjährigen
Schlafs altern", sprach die gute Fee.

Und so verging die Zeit: Tage und Nächte,
Wochen, Monate und Jahre gingen vorbei,
während alle im tiefen Schlaf versunken waren.
Frühling, Sommer, Herbst und Winter
zogen vorbei. Langsam wuchsen Büsche
und Hecken am Schloss empor,
und alles sah verzaubert aus. Der König
und seine Königin, der ganze Hofstaat
merkten davon nichts, sie schliefen, und keiner
konnte sie aufwecken.

Und so vergingen einhundert Jahre.
Niemand betrat je das Schloss, noch erklang
dort je ein Laut.
Still und versunken lag alles, bis eines Tages
ein junger Prinz vorbei ritt.
Zuerst bemerkte er gar nicht, dass hinter den
Hecken und Büschen ein Schloss lag.
Er traf einen sehr alten Mann, der sich noch
an eine Geschichte erinnern konnte,
die sich vor langer, langer Zeit zugetragen hatte.
Und so erfuhr der Prinz von der Geschichte des
Fluchs. Doch der alte Mann warnte ihn.
„Niemand kann das Schloss betreten.
Es ist völlig überwuchert mit Hecken."
„Ich will es trotzdem versuchen, und die
Prinzessin finden", sprach der Prinz mutig.

So zog er sein Schwert, um die wuchernden
Pflanzen zu beseitigen, doch diese wichen
plötzlich wie durch einen Zauber zurück.
Mühelos konnte er nun das Schloss betreten.

Der Prinz erkundete das schlafende Schloss und betrachtete all die Menschen, die im Schlaf versunken waren. Manche sahen aus, als wären sie ganz plötzlich eingeschlafen, ohne sich noch in ein Bett legen zu können.
Überall im Schloss sah es so aus. Die Menschen trugen altmodische Kleidung, und alles war

bedeckt mit Spinnweben und Staub.
So ging der Prinz von Raum zu Raum,
bis er in das Zimmer von Dornröschen kam.
Sie lag auf einem prächtigen Bett mitten im
Raum. Ihr Anblick machte ihn traurig. Sie war so
schön. Er war ganz überwältigt von ihrer Anmut,
doch sie sprach kein Wort.

Der Prinz betrachtete sie lange andächtig.
Zunächst traute er sich nicht, doch dann fasste
er Mut. Schließlich beugte er sich über sie
und küsste sie. In diesem Moment
erwachte Dornröschen! Sie erblickte
verwundert sein Gesicht.
„Wer bist du?" fragte sie ihn. Der Prinz
erzählte seine Geschichte, wie er zu diesem
Ort gelangt war, und von dem Fluch,
den die böse Fee über sie verhängt hatte.
Während er diese Geschichte erzählte,
verliebte sich Dornröschen in den Prinzen.
„Ich danke dir vielmals für deine Rettung",
flüsterte sie.
Währenddessen erfuhr die gute Fee von dem
Zwerg, der Wälder und Felder durchquerte,
dass Dornröschen wach geküsst worden war. Und
so erweckte sie auch die anderen
Schlossbewohner wieder aus ihrem tiefen Schlaf.
Allmählich erwachte einer nach dem anderen
wieder, und alle wunderten sich.

Der König und die Königin eilten sofort zum Bett
ihrer Tochter. Sie waren überglücklich,
als sie sahen, dass die Prinzessin aus ihrem
Schlaf erwacht war. Auch vom Prinzen
waren sie entzückt.
Dieser hatte schließlich den bösen Fluch
gebannt. Die frohe Nachricht verbreitete sich
schnell im ganzen Land, und alle waren
glücklich, ihren König und die Prinzessin
wiederzuhaben. Am größten war die Freude beim
König selbst, denn er hatte nicht
nur seine Tochter zurück, sondern auch einen
Sohn gewonnen.

Überall im Land wurde gefeiert, und eine
Hochzeit sollte stattfinden. Einladungen
wurden geschrieben und an Freunde und
Verwandte geschickt. Aber auch die Feen des
Königreichs wurden nicht vergessen.
Sie erhielten ebenfalls eine Einladung. Doch von
der bösen Fee hat noch niemand gehört.

Der König und die Königin waren glücklich und
zufrieden. Sie konnten sehen, wie sehr der Prinz
und Dornröschen einander lieb hatten.
Die Hochzeit der beiden wurde zum größten
und schönsten Fest, das das Königreich je erlebt
hatte. Alle feierten mit, es wurde gesungen und
getanzt, und überall gab es Leckereien, die zu
Ehren des jungen Paares verteilt wurden.
Dornröschen und der Prinz waren glücklich und
zufrieden.
Und wenn sie nicht gestorben sind,
dann lieben sie sich noch heute.